KB189226

바나나의 웃음

최호일 시집

시인

의

말

깊이를 알 수 없는

어두운 구멍 속으로

손을 밀어 넣는다

      손이

      구멍처럼 어두워지고

        두려워진다

어둡고 둥근 것이 우주라면

손이 내 몸을 떠났다

      그곳에 두고 온 것 같다

차
례
—

1부

2부

3부

4부

해설

1부

바나나의 웃음

바나나를 오전과 오후로 나눈다

바나나를 밤과 낮으로 나눈다

바나나를 동쪽과 서쪽으로, 만남과 사소한 이별로, 여자의
저녁과 남자로

나눈다

바나나로 세계를 나눈다

불안해지는 바나나

드디어 생선이 되는 바나나

왼쪽 바나나가 사라지고

바나나의 미래가 사라졌다

아 바나나 하고 웃는 바나나

바나나

네가 있는 곳을 알려줘

경제적인 일

콜라를 사러 간다

콜라를 사기 위해 먼 아프리카로 간다

당신과 이 거리와 잠시 헤어지기 위해 그곳에 간다

손잡이가 없는 컵에 콜라 한 잔을 따라 마시고

컵이 없으면 그냥

다시 돌아오기 위해

시간이 잠시 남아 있으면 남아 있던 콜라를 다 마시고

비행기를 타고 안전벨트를 매고

구름 속에 묻힌 채 잠을 자자

여기가 어디지

밤에는 왼손을 벌레에 물려 말라리아에 걸리고

간판이 떨어진 병원에 들러

앓다가 돌아오자

병원 벽에는 알 수 없는 아이들의 낙서

내리는 빗방울

친구들은 웃고 또 웃겠지

콜라를 사기 위해 아프리카에 가다니

비행기를 타고 가다 졸다니

나는 조금 웃는다

그곳에서 콜라를 마시고 다시 돌아오기 위해 산다고

아프리카는 그러기 위한 장소

콜라를 그리워하며

콜라를 사러 아프리카로 가자

기분으로 된 세계

다섯 장의 종이를 오려 기분을 만들었다

다섯 장의 종이가 되기 위해

팔과 다리가 모호해진다

아홉시가 되려다가 아홉시 이후가 되는 시곗바늘들 모든

밤이 저녁을 이해하고 아홉시를 용서했다

빗방울을 세기 위해 열 개의 손가락이 생겼고

맥주를 따다가 손을 발견했다

지나가는 사람의 손목에

백합이 피어 있다

음료수 병을 지나 꽃과 부딪친다 나는 이 거리예요

거리를 걸으면 지나가는 사람의 기분이 된다

기분이 필요한 다리를 건너

기분으로 만든 기둥에 대해

조금 춥다면 기침을 하자 겨울이 올 때까지

밤을 말하려다가 공을 놓치고 손이 으깨어졌다

컵이 깨져 잡을 수 없을 때
컵은 배경 음악이 없고
당신과 낭떠러지와 자동차 바퀴는 한통속이다

저기 날아다니는 것은 작은 벌레인가 시간의 눈인가
밤을 말하려다가
건반 위로 뛰어오르는 고양이를 이야기했다

고양이를 만나려면
고양이의 기분과 피아노가 필요하다

좋은 말

넌 나빠 네가 말했지

나는 태어나네 세상의 가장 짧은 시간과 긴 시간의 저녁이
가루비누처럼 몸에 들어와 머뭇거리고 커지네

두 명의 내가 갈라져 다시 여러 명이 되었다

깊은 숲 속에서 사슴이 물을 마시고 뒤돌아보는 장면은
낯설고
산 꿩은 날아오른다
구름 뒤의 구름이 보이고 구름 다음이 사라졌다

세계를 펀드는 가위들

코스모스는 참 나빠 할 때처럼
나는 왜 흩어지나
왜 나는 가늘어지고 꽃이 피나

〉

코스모스 이후의 말처럼

나쁘다는 말은 참 좋다

비누

비누가 손을 빠져나간다
비누가 손을 지나 바닥을 빠져나간다
비누가 조금 전 한 말들이 말풍선을 터뜨리고 띄우며 강으로
빠져나간다

바다로 사라지는 어떤 결의들
하염없는 비누들 비누의 이웃들

새와 나무와 사람과
거미의 하루와 기린의 무늬가 거품이 될 때까지
비누의 손으로 살아가는 비누들
비누가 손을 잡을 때
비누는 부피와 피부가 없고 다른 생각이 없다
우리는 날마다 괜찮고 조금씩 하루를 없애고 있네
어떤 말들은 눈송이의 친구처럼 커지고, 내리는데

세계와 나 사이에 투명한 아이들이 태어난다
불안을 머금은 유전자들

〉

비누가 자라서 어른이 되고

오른손을 펴보렴

날마다 우리들의 손에서 다른 손들이 빠져나간다

저 곳 참치

참치를 보면 다른 별에 가서 넘어지고 싶어진다

동그란 깡통 참치

어떻게 이런 모습으로 바다를 헤엄쳐 다녔는지 깡통 속에서
살이 통통하게 쪘는지
지느러미와 내장이 없다

참치는 좀 더 외로운 모습으로 진화해온 듯하다 먼 훗날
비행접시를 타고 바닷가에 내린 어느 외계인처럼
사람들은 내용물을 버리고 깡통을 구워 먹을지 모른다
다 먹고 버린 참치를 차고 노는 아이들

참치를 숭배하는 자세로 비닐봉지에 담아 가지고 오다가
덜커덩 자전거가 어느 돌에 걸려 넘어졌다

저곳으로 넘어지는 참치

〉

저 돌은 어느 별에서 날아왔을까 돌은

그곳에서 가시를 발라낸 비교적 딱딱한 참치일 수도 있고

저녁 어스름의 근원적인 고독일 수도 있다

아가미가 없는 참치

열두시에 다가오는 것

백 년 후에도 열두시가 있을까 나는 없고
열두시만 있을 것
고양이같이 까만 열두시가 있고
모자와 옷을 벗어 걸고 구름 사이로 다리를 조금 벌리고
누워 있는 여자가 있을 것 같다 그걸 새로운 기법으로 그림
을 그리는 화가가 있고 창밖에는 거짓말로 날아가는 비행기
고양이가 그걸 모를 리 없지

나는 보는 중이다 길을 가다가 꽃잎과 다른 꽃잎이 떨어
지는 걸 보다가
이상한 것이 천천히 다가오는 순간을
우리는 발목이 없구나
백 년 전 조용한 원형으로 들어 올려지거나 구덩이에 빠
지듯

이런 순간을 고양이가 놓고 간 그림이라고 말할까

눈은 없지만 눈물이 난다

슬픔을 사용하기 위해 사다 놓은 인형처럼
표정이 있는 아이스크림이 필요하겠지

나는 가로수와 꽃과 내일, 그리고
찻집으로부터 가장 멀리 있다

터벅터벅 걸어가
그림 속 담배 연기의 형태로 매일 죽는다 뺨을 때리면
열두시에 없어지는 손바닥같이

당신들의 취향

오른발에는 빨간 장화를 신고

왼쪽에는 굽이 높은 구두를 신고 걸어가자

오래 궁리하듯 굽이 낮은 쪽으로 먼저 가을이 오고

우리는 절뚝거리며 희미해진다

지나가는 사람에게 빗방울은 거리의 튀김처럼 튀네

나무가 불안해 초록색을 흔드는 나무들

나무 아래에 앉아

타인의 방향에 대해 입을 다물고

한 사람이 만들어낸 두 사람의 생각에 대해 저녁은

최초의 기분을 발견해낼 것이다

장화를 신은 쪽의 발목에서는 아무래도 피가 흘러

질척거린다는 사실을

이런 생각이 하수구를 타고

지구 저편의 해변에 가 닿고 피로 물들 때까지

아무도 없는 아침이 오고

설탕이 없는 커피를 마시고

옷을 다 벗고

당신이 혼자 소파에 앉아 실없이 웃었으면 좋겠다

그렇다고 해도 우리는 우리를 멈추지 않는다

이어폰을 꽂고 음악을 들으며

어제 죽은 고양이를 목에 두르고

내 입속은

내 입속은 하지 않은 말로 가득하다

타인의 어금니 쪽으로 조금 치우쳐 있으며 가볍고 경솔하다

아침에 한 번 저녁에 한 번 사랑한다는 말을 치약처럼 짜내
고 있다

그러나 너무 멀리 떨어져 있어서

내 입은 내 입속을 먹지 못한다

당신이라는 말은 과자 같다

질기고 캄캄한 입술로 당신을 개미처럼 뜯어 먹는다

참새 떼에게 새 쫓는 법을 가르쳐줄까 하고 말하면

서쪽 하늘 색깔로 입안이 환해진다

〉

　서쪽은 어느 곳에 있나

　천 개의 해가 천 개의 가위를 들고 혓바닥을 잘라서 버린
저쪽

　나의 입안은 약간 미쳤다

　사람의 부러진 갈비뼈를 끼우고 태어난 천 번째의 생일

　허공에 진열된 옷으로 당신을 입을 수는 없다

　내 입속은 당신의 입속에 두고 왔다

사라지는 오렌지

오렌지 나라에서는 오렌지가 사람
사람의 투명한 옷을 입고 의심하고 이해한다 오렌지가 되려
면 오렌지의 크기와 색깔과 색다른 구두가 필요하고
열 개의 손가락이 당장 필요하다
만일 당신에게 손을 들어 인사를 한다면
그건 오렌지의 감정

문을 열고 들어가 비와 사람의 단추를 누르면 주렁주렁 열리
는 팔과 다리들 오렌지는 사람들을 박스에 넣어 선물한다
당신과 나 사이를 주고받는 어느 선물

상자 속 사람들이 지하철에서 빠져나온 옆구리처럼 걸어
다닌다
뒤돌아보았을 때
일정한 높이와 냄새와 수만 개의 눈을 가지고

오늘 계단은 몇 개의 기분일까
백만 년 전 우리는 허리를 숙이다가 누군가의 호주머니에서

굴러떨어진 노을이었지 그걸 주우려다 또 떨어뜨린 노을빛

　저녁은 가장 오래된 물질
　죽은 척하고 놓여 있는 이 오렌지는 지워진 안개와 강물이
다 사라지는 오후와 다른 사람이 사는 마을을 거쳐 여기 희미
하게 굴러 온 것

　가보지 않은 여행지를 천천히 다녀온 사람들로
　아는 얼굴로

정전

액수가 지워진 동전이 굴러가다 멈춘 지점에서는 늘 정전
이 된다 검고 큰 것이 눈을 때릴 때 우리는 한없이 하얗게 되
고 끝없이 커진다

그림자가 사라졌으므로 나는 유일하게 되고

가깝고 선명한 모습으로 당신과 건너편이 보인다 태초의
바위가 마침내 내 앞에 멈춰 섰다 책은 어제보다 두꺼워지
면서 세계는 한 걸음 난해해지고 마지막까지 남은 어둠이
깊은 구멍 속으로 들어가 폭파될 때 살점과 뼈의 관계는 모
호해지고 부서진다

길을 가다가 문득 우산을 잃어버린 나무처럼 어느 비에
젖기도 한다

몸통은 공중에 정지해 있고 날개만을 움직이는 새처럼
마침내 사라지는 몸통처럼

〉

누가 모르게 바라보고 있나

가장 잊을 수 없는 나를 만들어 놓고

음부꽃

장다리꽃 밭에는 장다리꽃의 오후가 가득하다

장다리꽃 옆에서 서성이고 있는 허공에는 나비가 가득하다

키가 큰 장다리꽃을 일부러 바라보는 사람은 없지만
키가 큰 장다리꽃 사이에 들어가 있는 사람은 있을 것이다

열두 살 먹은 계집애가 장다리꽃 노란 쇠문을 열고 들어가
하나 둘 바람을 세며 오줌을 눌 때도 있는 것이다
하나에서 열을 셀 때 보이는 꽃
바람 열 장이 들추어내고 있다

시간을 얇게 저미다가 좀 더 크게 썰린 시간은
어금니로 씹으면 약간 소리가 난다

열두 살에 어떻게 나비가 될 수 있나
나비는 날개가 고장 난 것처럼 수십 년을 날아다닌다
보았다 장다리꽃

보았다 나비

네 머리에 바람이 분다고 나는 바람 밖에서 말했다

밤이 오고

달빛 아래라면 몰라도 어느 오후는

도화지에 그려놓고 잡아당기면 주욱 찢어질 것이다

코발트블루

커다란 손바닥을 치운 것처럼
당신과 내 눈 사이에는 코발트블루가 있다

가슴까지 벅차오르는
가슴까지만 차오르는
그곳에 오래 빠져 죽고 싶은 색깔이 산다

투명한 컵에 담아 던지면 넘치거나 깨지기 쉬운 색

이런 색이 있어 행복하지?
아냐, 햇빛 밝은 날 죽이고 싶은 색이야

물방울은 하얗게 튀고 머리는 젖어서 한없이 긴 생각처럼

눈이 한 개씩 더 있는 날
서로 다른 바다를 바라보다가
그러나 우리는 충분히 어두워져서 집으로 돌아간다

〉

가장 먼 길을 돌아서

물방울을 닦고 한쪽 눈이 없는 색처럼

다낭, 단양 연가

혀가 짧은 사람이 발음하지 않으면 두 도시의 공통점은 쉽게 발견되지 않는다. 베트남의 잠 안 자는 고양이, 한국계의 붉은 태양 사이로 옷 벗은 나비가 나비 옷을 걸치고 날아오고, 모르는 척 나이를 마음대로 꺼내 먹는 사람들이 안개 옷을 사 입고 다니는 곳

마음에 새겨진 뜨거운 얼음 문신처럼
방금 사라진 곳

긴 머리 달력이 거기 펄럭 웃고 있을 때, 바람이 늦은 고양이 울음으로 마을에 내려와 한 번도 열지 않은 문을 잠깐 여는 것처럼 아무도 없는 사람들이 다녀간 이름. 단양을 다낭이라 발음하면 두 곳 사이의 거리는 캄캄하게 지워지지

입술 있는 여자의 얼굴이 점점 다가오는 것처럼
다시 아득해지지

그곳에서 밥을 짓고 첫사랑을 하는 사람들은 밤이 지나도

나를 추억하지 못할 것이다. 기억나지 않아도 나는 이 세상에 태어나지 않은 사람. 다낭, 하고 불러보는 혀가 짧은 사람

　왜 그곳을 늘 멀리 떠나온 것일까? 집을 나온 사람들은 먼 발치에서 구름의 아래쪽을 바라보는 게 취미생활. 멀리 습관성 구름이 떠가고 있다. 저 애매한 문장은 노을빛으로 오래 바라보아야 한다. 어둠에 쌓이는 빛처럼, 사랑이 너무 짧아 혀가 꼬인 사람이라면 단양에 가면 다낭 팔경을 볼 수 있다. 들키지 않게 입을 다물고 있어도 태양의 속살과 야자수 옷깃이 선명하게 보인다. 마음 그늘 속으로 이봐요, 얼굴 없는 사람이 웃으며 오고 있다. 비가 그칠 때처럼 너의 이름을 쓴다. 검정 색으로 붉게

　다낭과 단양 사이에 핀 들꽃에 대해
　그리고 나이를 알 수 없는 태양에 대해
　당신은 참 붉다고 생각해버리면 그만이지만

이상한 그늘

양산을 쓴 여자가 그늘을 끌고 간다 발로 배를 걷어차버린 강아지처럼 따라간다

그늘은 말이 없고 성실하다

양산을 썼기 때문에 태양에 가장 가깝게 걸어간 그늘 같다 뜨겁고 무덥고 무겁고 다리가 있어 오래된 뼈와 살로 만들어진 그늘 같다

천변에는 지나가는 사람에게 침을 뱉듯 꽃이 피었다 꽃은 참을성이 없고 당신은 태연하다 나무 계단의 삐거덕거리는 소리를 들으며 혼자 변두리 짜장면을 먹으러 오르는 사람은 무겁다

저녁이 오는 쪽으로 사람들은 죽고

여우가 여러 번 울어서 밤이 오면, 아무도 그것이 어둠을 열고 사라진 검고 이상한 사람인 줄 모른다 그늘이 조금씩 먹어치우고 있다는 것을

장지동 버스 종점

버스를 잘못 내렸네 장지동은 모르는 곳

입이 없고 커다란 모자를 눌러쓴 사람이 내 몸에 모르는
물건을 놓고 나간 듯 신열이 나고 개망초 꽃이 보였네

탁자가 있고 낡은 시간이 놓여 있고
아무 말도 하지 않으려고
머리칼이 하얀 남자가 상점에서 라면을 끓이고 있었네

칠십 년대식으로 사이다를 샀네 나는 이미 사라진 풀벌레
소리인가 아마존의
주인 없는 미나리 밭으로 두 시간 걸어온 걸까

시계가 고장 나 지구별에 늦게 도착한 고양이의 신음 소리
를 냈네
나 장지동에 잘못 왔네 라면을 먹지 않았네

내 몸은 모르는 사람들이 더 많이 다녀간 곳

〉

　장지동에 가야겠네 그곳은 한없이 가다가 개망초 앞에서
멈추는 곳

　미나리 밭을 지나 목성을 지나 더 먼 별의 기억을 지나 라면
을 후후 불며 먹고 와야겠네

　나도 모르는 사이
　사라진 시간을 찾아서 지우고 와야겠네

2부

아는 여자

모르는 여자가 아는 노래를 부르고 있다
그녀 몸에는 광화문 연가가 저장돼 있다
또 다른 모르는 여자는 구멍 난 가슴을 부르는데
너무 솔직한 치마를 입고 있다 저쪽에서
바람이 불어오지만 어두워서 잘 보이지 않는다

지하의
노래가 끝날 무렵 누군가 술잔을
잘못 건드렸는지 세상 밖으로 넘어지고 별이 흔들린다
밤이 젖었네 미안해요

유리잔에 금이 자라기 시작하고
바닥이 멀리 갈라져 나머지 시간과 부르던 노래와 가사까지
지진이다 하면서 땅속에 들어가 백 년 동안 묻혀 있다면
저들은 아는 여자가 될까

그곳에 가을이 오고 아는 여자가 떠난다고 해도
밖에는 비가 내리기도 할 것인데

〉

노래가 땅속으로 들어가면 어떻게 하나

어느 날 구조가 되어도 모르는 새처럼
우리는 지상의 노래를 다시 부르지 못할 것이다

하얀 손이 놓고 간 것

죽어서 사탕이 된 여자같이
어느 페이지를 찢어 벽에 걸어놓고 싶은 시간이 있다면
입속에 넣고 싶은 시간도 있다

이것은 구름만 한 무늬의 단순하고 가장 먼 부분
고요한 바늘이 내려와 눈썹을 찌를 때

잠깐 졸다가 바닥에 떨어뜨린 잠을 줍는 것처럼

레깅스 입은 여자의 발목을 보네
점점 위로 더 굵은 쪽으로, 그래서 붉은 곳 위로 올라가면
우리는 너무 많은 팔과 다리를 가지고 있고

창밖이 있고 구름이 있다

여기는 잠인가 여자인가

뒤꿈치를 잠시 들고

하얀 손이 모르고 놓고 간 손가락같이

뇌는 아직 반죽이 덜 된 밀가루처럼 형체가 사라진다 시간의

손목이

물에 풀어져 제자리로 돌아갈 때까지

민달팽이

너는 밤과 동일하구나 고개를 들어 우리는 학자처럼 바라
본다 다른 나라의 기이한 서적을 읽듯

인생이 명료해지도록

천 개의 단어를 넣고 뚜껑을 닫아놓은 나무상자처럼 그것을
다시 뒤적이는 손처럼
  잠을 커피에 찍어 먹는다

빛을 어둡고 축축하게 보관한다 너는 태어나다가 죽은 아이
의 얼굴을 달고 있구나
  먹다 남긴 과자 봉지 속에는 지나간 시간이 들어 있을까

야구 선수들은 정말 베이스를 지나 집으로 무사히 돌아가
는 걸까

이런 질문을 던지면 그 구멍 사이로 밤이 온다 어둠을 빛의
오른쪽 얼굴로 이해한다

〉

　나로부터 한없이 늘어나는 것이 너는 밤보다 조금 더 길게
어두워지고 있다 몸에 들어온 조용한 고무줄같이

태어나는 벽

이쪽엔 꽃 저쪽엔 구름

오렌지와 구름이 만나 가까워진다
이십대 여자들의 기억처럼
어두운 벽 쪽에서 이미 지워진 생각과 얼굴을 꺼내 들고
어느 구름의 손을 잡고 간다

둥근 것을 지나
제일 가깝고 얇은 생각을 지나
이렇게 만나는 게 천 년 만의 다행이야

떨어질까 두려워 나는 나로부터 가장 먼 어제야

그럼 우리 어제보다 더 먼 숲으로 가자
둥근 과일은 어느 땐 입안이 어둡다
다가오지 않은 어제 같다

가까이 있는 행성같이 조금씩 움직이지만 우린 가깝지 않다

눈도 입도 처음으로 지워진 오후의 형상으로
다른 생각으로

천 년 전에 헤어진 손을 꺼내 들고
견딜 수 없는 빗방울처럼
그럼 우리 사다리를 타고 하늘 높이 올라가자

구름이 오렌지를 먹은 듯 시고 둥글어진다

필라멘트

여러 종류의 꽃이 어우러져
하나의 꽃으로 보일 때, 그리하여
스무 개의 손가락으로 변하고 싶을 때

손을 들고 훌라후프를 돌리는 여자가 나선형으로 빠져나가
비행기와 부딪쳐 공중에서 폭발할 때

소심한 뒤꿈치를 들고

무쇠의 팔을 완강하게 느낄 때
나의 가족은 유리컵과 의자와 진부한 뭉게구름
동일한 식탁을 사이에 두고
우리는 일제히 사이좋은 사물이 된다

모든 꽃 사이에 어제 그친 비가 오네

포커를 할 때의 무한히 사라지는 얼굴이 되어

하나의 꽃을 꺾어 들 때처럼

스무 개의 손가락으로 정교하게

로봇들의 약속

서로 바라보면서 나는 열쇠를 잃어버리고 너는 하루를 안에
서 잠그네

우리는 서로 다른 목소리로 약속한다

오래된 풍습으로 사람이 우는 것 같은 소리가 들린다 그것
은 바람의 관절을 뽑아 만든 어두운 악기를 연주하는 것 다
른 사람의 근육으로 내일까지 틀어놓은 녹음기처럼 계속 걷
는 것

가을이야 내가 말하면 연분홍색의 귀로 너는 듣네

밤이 지나도록 금속성 눈이 감기지 않는다 매일 아침 기
다란 빵을 먹어도 몸이 달콤해지지 않아 새로 만든 걸음걸
이를 하고 말을 듣지 않는 아이가 살얼음이 낀 안드로이드
강을 건너오네 사람 냄새의 성분은 깊은 곳에 짐승을 잡아
가둔 것처럼 머리가 검다

〉

백 개의 눈을 매달고

밝은 등불 아래 우리는 살색 장난감으로 드러난다

눈이 온다

진통제를 먹어도 눈이 오네 만 년 전에 사라졌던 내가 지금
은 내 몸속으로 들어와 희고 차가운 물질이 된다

새가 되는 법

매일 하늘을 날면서 밥을 해 먹을 것 새의 목소리와 성격으로 수술하고 천장과 바닥을 없애버릴 것

일주일에 두 번 날갯죽지에 얼굴을 묻고 너무 캄캄해서 울 것 아직 태어나지 않은 듯 잡았던 손을 놓고 흔들며 인간의 마을에서 잊혀질 것

새장을 만들어놓고 새장을 부술 것 하얀 새의 천 번째 울음소리로 얼굴을 씻고 하얗게 될 것 어둠이 묻어 있는 바람을 끌어다 덮고 자면서 오월이 오면 오월을 등에 지고 다닐 것

아침이면 새소리에 잠이 깨 새의 그림자를 만들어놓고 빠져나갈 것 시를 쓰고 짝짝 찢어서 바람에 날린 후 가장 멀리 날아갈 것

자신이 새인 줄 모르고 새처럼 날아가다가 깜짝 놀랄 것

냄새나게 새는 왜 키우니 하고 돌을 던지면 맞아서 죽을 것

죽어서 매화 그림 속으로 들어갈 것

엑스트라

이 한여름에

두꺼운 옷을 껴입고 우리는 웃는다

여름날 당신의 입술과 내 손가락 사이로 내리는

눈송이들

혀가 혀를 빨아 먹으며

바위 사이에서 커다란 뱀과 여자와 허벅지가 튀어나올 때

주인공은 홀로 용감하다

대기 속에는 진짜 총알이 들어 있고

여섯시에 총을 맞아야하므로

우리는 그녀를 사랑하는 법을 모른다

내일은 지퍼가 열린 줄 모르고 들고 다니는 트렁크 속에서

가면과 시체가 쏟아질 것이다

도무지 믿을 수 없는 영화처럼

저녁이 오고

화면엔 보이지 않지만 쓰러진 술잔이 있다

그것이 어두운 소리로 굴러떨어져 강가에 닿을 무렵

겨울이 와야 한다

여름에 내리는 눈송이처럼

내 몸에는 사람이 살지 않는다

연기자들

나무는 직업적으로 아이를 낳고
아이의 엄마가 그것을 어린 새로 만들어 즐거운 코끼리로
키운다

우리 앞으로 하마가 한 손에는 풍선을 들고 막대사탕을
보이며 지나간다

물고기처럼 아이가 웃을까
시멘트 바닥에 넘어져 이가 부러질까

고민하는 오후
두시가 광장을 어제보다 조금 더 빨리 빠져나가
세시의 어두운 표정을 한다

가을을 준비하지 않은 사람들이 비를 맞고 모르는 콩으로
흩어지고
빗소리로 분장한 배우가 사람들을 철창에 가두고 자물쇠
를 채운다

〉

비가 그치고
동물원의 모든 것이 사라진 후

아직 태어나지 않은 청소부들이
바닥에 떨어진 어린아이의 웃음을 쓸어 담고 있다
그것이 낙엽인 줄도 모르고

붉고 성실하게

행인

거리는 심각하고 당신은 표정이 없네
가까운 종이에 눈과 입술과 계절을 그려 넣고

돌과 사람과 나무의 이름을 지우고
사물들은 분실한 그림의 뒷면같이 가벼워진다

우리는 검은색을 추구하고 다른 방향을 사랑해

포르노 배우의 이름처럼
공기의 지난 이름을 기억할 필요가 있을까
간밤이 내게
여러 통의 편지를 쓰고 잊어버린 얼굴로 지나간다

어느 골목으로
가을이 유령처럼 지나다닌다는 문장처럼
당분간 우리는 이렇게 살아갈 것이다
백 통의 편지를 쓰고 나서

〉

지금 이곳에 없는 인형처럼

내게 가장 알맞은 사람들이 지나간다

벌레 먹은 시

이제, 무거운 가방을 내려놓고 이걸 봐

열무김치가 놓여 있네
길모퉁이에서 가늘고 여린 열무김치
공장에서 찍어내지 않은 제품
정직하게 말하면 김치가 아니라 벌레 먹은 열무지만
열무김치로 소리 내어 읽네 아무려면 어때
시니까
벌레가 먹다 남긴
이걸 롯데 껌처럼 씹어 봐

아이들은 종국에는 벌레 먹기 위해 푸성귀처럼 태어나고
장난감을 만지며
거짓말을 습득하기 위해 무럭무럭 자란다

저 나뭇가지는 그림자를 복사하네
아무렴 어때 오늘은 이 골목에서 사람의 말을 버리고
발목을 자르고 노란 풍선을 날리자

〉

자전거를 타고 가다 오후엔 담배를 끊고
모퉁이를 돌아 나와 열무 구멍을 바라보며

담배를 피우자
아무려면 어때 이 구멍으로 보면 모두
벌레 먹은 시인걸 담뱃불을 붙이기 전까지 나는
사람의 눈을 가졌을 뿐

위험하다

아침을 굶으려는 예수처럼 돌을 들어 사기 밥그릇을 깬다

둘러보면 위험한 물건은 더 많은 듯
나는 오 분 후에 태어나기로 한 유리컵
비 오는 날 육백 번째 행성 베고니아 아침 찻집의
목이 긴 꽃병이다

누가 나를 돌로 찍어라
다른 곳 말고 말이 자꾸 새 나오는 정수리와 입을
그렇지 않으면 모든 존재는 당신의 양말을 뚫고
발바닥을 찌를 수 있다

아직 말을 배우지 않았는데 꽃이 핀다
이것은 아주 오래된 질문

나로부터 떠나갈 나를 오 분 전에 지우겠다
당신이 미리 만들어놓은 내 몸과

〉

위험한 상상으로 만들어진 모든 깨질 그릇을

등이 가렵거나 매일 아침이 오고
내가 예전처럼 태어나다 죽었더라도 돌을 들고

저녁엔 조개구이를 먹으러 몰려가는 사람들처럼
주저 말고 어서

보라색 시

시켜 먹는 음식은 편리해 딴생각을 하는 사람처럼 맛이
없으면 버리면 되니까 그러니까

남이 쓴 시는 편리해 잘못 들어간 식당처럼

욕을 해버리면 되니까

지난밤에 써놓은 시는 껍질이 질기고 우울하다

국물은 짜고 건더기는 싱거워

다른 사람의 봄비를 입고 어색하게 출근하는 아침

당신은 제비꽃을 못 본 채 책을 보네

그러니까 잠깐 바람이 불기도 하지

비는 남의 젓가락으로 당신을 집어 먹네

〉

국물과 봄비를 따라버리고 건더기도 건져버리고

빈 그릇에 구멍을 뚫고 제비꽃과 흙을 떠다 심어놓으면

그것이 잘못 배달된 시가 될지 몰라

보라색으로

노란 모자를 조문하는 법

꿈을 꿀 때도 노란 모자를 쓰고 있었지 노란 모자라고 불렀
던 그 여자
비가 오는 날에도 눈이 크다

곱창과 소주 생각이 나서 곱창에 소주 마시는 생각을 했다
시간은 느리게 갈 것이고
밤은 덜 익은 곱창처럼 질기고 소주는 너무 써
물방울무늬의 암세포가 시간의 덩굴처럼 아름답게 자라는
누우면 젖과 젖 사이가 멀어지는 여자

서른여섯이니까 하늘을 봐요
같은 병실에서 잠이 드는 게 지루하고 미안해 별을 보고
말했다

별은 단순하고 쓸쓸한 쪽에서 빛난다

먼 부부처럼 밥을 따로 떠먹으며
그녀와 함께 바람 부는 날 소주에 곱창을 먹을 확률에 대해

생각했다

　이런 생각들은 형광등 불빛으로 멀리 새 나가

　더 먼 곳에서 사라진다

　안녕, 노란 모자

　노란 모자가 불이 켜지는 냉장고 위에 놓여 있다

　죽음에 무사히 도착하려면 모자를 벗어야지

　누가 내 혀를 잘라서 가지고 있는지

　요즘 소주는 싱거워

귀

귀는 귀고리처럼 궁금하고 구멍이 나 있다

차가운 금속성 재질로 돼 있으며 두드리면 소리가 난다

귀고리를 걸기에 적당한 크기다

누가 밤의 창문 쪽으로 죽은 사람의 손을 잘라서 조용히 내밀 듯

귀는 막상 고요하다

한밤중에 소리를 지르는 고요를 먹고 산다

손에는 컵도 없이 아무런 공중도 없이

컵 속에는 아무것도 들어 있지 않고 이상한 물체도 없는

손에 보이지 않는 두려움을 먹고 큰다

〉

수위가 점점 높아져 여러 사람이 차례로 무어라고 속삭일 때

머리칼이 수초처럼 위로만 나부낄 때

물속에 잠겨 한없이 물이 흘러 들어오는 소리를 듣고 있는

둥근 귀고리처럼

우리는 매일 사무적이지

안쪽

　세상의 가장 안쪽을 보여주려는 듯 미개한 부족의 언어처럼
보이지 않는 곳의 귀뚜라미가 울고 있다

　모든 빛의 옷자락이 제 모습을 감추고 몸을 형광펜으로
칠한 사람들이 그 소리를 소리 없이 듣고 있다
　어둠을 한 번도 만져본 적 없는 뼈처럼

　약속을 하지 않았는데도 밤이 오고

　평생을 죽고 있다가 들킨 사람의 표정으로
몸이 살 밖으로 빠져나온다

3부

웃음의 포즈

웃으면서 커피를 마시려고 하는데 입이 사라졌다
이른 아침부터 눈이 온다 그러므로 아침부터 사랑한다고
말하거나 욕을 하고 싶은데 아침이 사라진 것

당신과 커피와 커피를 마시지 않은 생각이 삼각관계처럼
아무도 모르는 쪽으로 기우뚱한다

커피를 대신 마셔드립니다
대신 웃어드릴게요
스케이팅을 하는 광고 모델이 빙판 위에 넘어져 이상한
자세로 웃고 있다 사라진 입속의 다른 입이 티브이 속에서
관람용 입술로 웃는다
이 웃음은 아무것도 없는 공기 같은 거

드라마를 보고 토크쇼를 본 후 머리가 다쳐서 자작나무와
눈 오는 거리가 궁금한 사람들

스무 발자국의 숲 속을 걸어가면 이상한 겨울이 끝날까요

새를 털면서

자작나무 색깔로 앉거나 서거나 걸어갈 때
나무는 저쪽이 없지 하고 웃으면서
웃음도 손바닥을 찌르면 피가 날까 생각하면서

두 개의 수요일

수요일엔 행복해지고
수요일엔 불행하다
수요일 속에 수요일이 쑤셔 박혀 있다

나는 매일 내 마음을 혼자 사용하는 걸 허용하고 있다
저녁을 생각하면 눈에 들어온 이물질처럼 저녁이 오고
그래서 나무와 풀, 모르는 꽃들의 이름을 외우고 잊지

풀빛의 왼쪽 젖가슴은 어떤 색 피가 흐를까

두 개의 긴 팔과
투명한 팔이 하나 더 달린 복싱 선수처럼
비가 오는데

저녁이 한 가슴을 여러 사람이 더듬는 것처럼 야비해진다
어두워지기 때문이지

수요일이 될 때까지

일주일에 한 번 수요일을 살자

이런 방법을 기뻐하진 않지만

아주 어두워지자

저녁과 저녁 사이의 모든

죄 없는 바퀴벌레와 쥐

그리고 모든 사람에게 미안해질 때까지

수요일의 스파링 상대처럼

수많은 얼굴을 너에게 맡기는 것이 좋다

흩어진 말

라일락 향기가 무작정 공중으로 흩어질 때 아니,

공중으로 흩어진다는 말이 흩어지지 않을 것처럼 좋았을 때

나는 그것을 봄과 혼동하기로 했다

우리 결혼해도 될까요 국문과 선배에게

문학적으로

어제 산 장난감처럼 꺼냈다 그 말은

한쪽 무릎이 잘린 채 골목길을 비관적으로 걸어갔다

흩어지고 내렸다

검은 고양이가 검은 바지를 입고 검은 우산을 쓰고 오는

것처럼

그 계절의 비가 왔다

젖은 옷과 젖은 옷 사이

흑백으로 된 라일락 냄새가 봄의 겨드랑이에서 풍겼다

혁명을 꿈꾸기도 했으나 불길한 색상 때문에

머리가 가려웠던 것으로 기억된다

그 말은 어디로 갔을까

오후 다섯시에 약속이 있다는 그녀의 시간은

녹슬어서 좀처럼 열리지 않는 문같이

문득 활짝 열리는 그 말은

잃어버린 지갑을 또 잃어버린 것처럼

나는 그 말을 하지 않은 사람으로 살았다

가장 먼 곳에 두고 살았다

그 말이 몸에서 흩어지는 걸 본 최후의 사람처럼

당신의 시계

우리는 시간을 둥글고 견고하게 말아서
벽에 박는 방법을 알고 있다

돌멩이가 일어나 바닥을 아프게 할 때와 저녁이 걸어올 때
두 번 넘어질 때
어둠이 새 나가는 창문을 부수고 봄이 오고 앰뷸런스가
다가올 때
시간은 까만색으로 되어 있다

이백 살의 철학자가 스물한 살에 지껄인 대로
인생은 죽은 사람이 씹다 버린 껌 같지
자, 자세히 설명해봐
아직도 시간이 천천히 죽지 않는 이유를
아침이 날마다 저녁과 시계 방향으로 헤어지는 이유를
고무풍선을 날리고 자동차에 깡통을 매달고 바람을 묶어
놓고
절벽으로 밀어버리는 밤
결혼은 몸에 백 개의 구멍을 사이좋게 뚫어놓는 일이야

〉

치통을 앓고 있는 골프 선수의 표정으로

딱, 하고 시간을 날려봐

비슷한 도마 위에 비슷한 생선을 올려놓고

열시에서 열두시 십분 사이의

색다른 시계와 바람을 피워봐

그때는 당신이 깎아놓고 버린 손톱이 자라는 시간

백조의 호수처럼 날마다 가랑이를 찢어봐

늦은 나이에 발레를 시작하는 배우같이

머리는 움직이지 말고

뒤꿈치와 허벅지와 음부와 허벅지와 뒤꿈치가 내일을 향해

바닥에 붙도록

가면놀이

얼굴이 없는 사람들은 빛으로 된 가면을 쓰고 있네
빛이 없는 사람은 얼굴을 처음 본 사람 것으로 바꿔 끼우네

마음은 마음에 드는 도둑고양이의 성기로 바꾸는 게 좋지
고양이가 없는 마을은 셋째 주 일요일의 첫 번째 구름
들국화의 다섯 번째 꽃잎을 함부로 들춰봐

비가 내리면 한 손을 자르고 우산을 써
웃음은 구름 뒤에 감추기 좋은 가장 안전한 우산
우산이 아니고 위선이라 발음해
비가 오는 날은 우산적이지

밤의 표지는 팔만 장의 어둠으로 만들어졌고 어둡다고 쓰여
있지
페이지를 넘길 때마다 커다란 빵을 훔치는 방법같이 즐겁고
편견처럼 아름다운 정면을 가졌지

노을이 백 년 동안 이 골목길을 지나갈 땐 왜 눈물이 나죠

〉

이 거리도 저녁의 냄새가 어두운 가시에 찔려서 태어났네
저녁이 스타킹을 벗으면 한 번 더 어두워지지
더 어두워지기 위해서는

발등으로 불이 떨어지면 발등을 오래 만난 사람처럼
친절한 불로 오해할 것

너무 많은 이해

너는 자루 속에 든 공기를 이해하지 못하는군
공중에 사라져버린 공기의 어제와 깍지 낀 손바닥을
궁극의 벽이란 닳아서 없어진다는 것을 아는지
벽이란 기댈 수도 있지만 스며들 수도 있다는 걸
어두운 곳을 빠져나와
팽팽하게 발기된 자동차 바퀴처럼 우리를
전혀 다른 곳으로 데려다 줄 수도 있다는 걸 모르는군

새소리에 잠이 깬 날은
밤의 날갯죽지가 흥건하게 죽어 있는 걸 보았겠지
그것이 아침이야
잠은 밤을 오해하지만 밤은 잠의 모습을 잘 이해하지
이를테면
옆구리에 칼이 빠르게 스며들 때
너는 그것을 칼이 다른 나라의 농담처럼 몸을 오해했다고
생각하니
그건 죽음의 관점에서 보면 완벽한 이해야

〉

사과를 깎다가 마음의 뼈가 부러진 사람을 알고 있지
사과를 깎는 법은 지루해
참혹한 욕설로 사과 껍질을 바라볼 수 있는 밤은 없을까
칼을 들지 않은 시간으로 나를 이해해줘
귤처럼

머리카락이 자라는 시간

    그곳에서 코 고는 소리가 난다 심하게 가래 끓는 소리도 섞여 있다

    벗은 여자가 들어 있고 밤이 조금 전보다 조금 더 깊었고 머리카락이 조금 더 길어지는 밤이다

    그는 귀가 없는 사람이 되어 정상적인 생각을 하는 사람이 된다

    코와 입과 눈과 머리통이 눈으로 변해버린 사람이 된다

    갈비뼈를 새것으로 빼 여자를 만들어야 하는 사람이 된다

    뱀이 제 꼬리를 대가리가 눈치채지 못하게 조금씩 먹어치우듯

    시간이 제 몸을 삼키고 있는 걸 못 보는 사람이 되고

커다란 태아처럼 벗은 여자의 몸이 조금씩 벗고 있다고
생각하는 사람이 된다

그녀는 드디어 배경이 사라진 숲을 배경으로 웃고 있다

코와 눈과 음부를 더 크고 아름답게 찢고 싶어 웃고 있는
여자다

모든 어둠은 불빛에서 태어나듯

그는 밤을 새것으로 바꿔야 되는 사람으로 환원된다

코와 가래침을 뱉지 않고 있는 여자를 꺼버리는 사람이
된다

밤이 눈을 크게 뜨는 것처럼

자신의 몸을 다 삼키고 조금 난감해하는 눈동자같이

고통의 메뉴

그러나 이것은 날아가려는 어느 나비의 이야기다

이곳은 핵우산 아래에서 비를 맞기도 하고 특히
아토피나 감기를 선호하는 사람들은 이 풍요로운 도시를
견딜 수 없이 싫어해 날이 밝을 때까지 득득 긁기도 하고 가
래침을 뱉기도 한다
자녀의 성격에 대해 열을 내기도 하고
메뉴의 다양화를 꾀해 신종 바이러스를 만들어 섭취하기도
하는데
일군의 무리들은 오 분 늦은 약속 시간 때문에
지겨워서 떼를 지어 죽기도 한다
달빛과 강을 좋아하는 부류들은 이른 저녁을 먹고 나와
난간을 건너뛰면서 잠깐 후회한다

다른 테이블에 놓인 음식은 더 맛있다
아니, 덜 아프고 날개가 아름답다고 생각하는 사람들도
있다
이 집엔 이것밖에 없어요 하는 사람들을 위해

지루해서 개미를 죽이고 있는 사람들을 위해

날아다니려고 하는데

누군가 이름과 가격표를 적어 아름다운 심장에 핀을 찔러
벽에 붙여놓았다
나비에 관한 이야기이라면
그것을 벽에 붙여놓은
고통의 메뉴라고 부르는 것이 가장 적확하지 않겠나

어느 나비 나라에 가서 이런 메뉴를 본 적 있으므로

슬픔의 유래

우리는 대개 많은 사람들이 모여 있는 곳에서 만난다
어릴 적에는 스물네 가지 색 물감 속에 들어 있다
손으로 잡으면 사라지기도 했고
얼굴에 묻히고 들어와 혼나기도 했다

천 마디 사랑 이야기를 새겨 넣은 쌀 한 톨을 들여다볼 때가
있었는데
그는 사랑의 배면을 풍선껌처럼 부풀려서 어느 날
빵 터뜨린 다음 바람을 얻은 것이다

육체 안에 절망이 깃들어 있다고 믿는 사람들은 종종 비누로
닦아보기도 하고
벽에 걸린 그림이 희미해질 때까지
손목을 긋기도 하면서
우리는 항상 나란히 넘어진다

밤이 끝난 뒤 이별의 솜씨가 없는 사람이 라면을 끓일 때
그걸 본 사람은 알지만

멀리 있는 고양이 울음이 냄비 속으로

스프 대신 빠져 들어갈 때

우리는 라면이 몹시 끓고 있는 아침이라고 부른다

혹시, 그것을

다른 사람이 데리고 온 슬픔이라고 말하면 안 되나

포도송이처럼 둥글고 흔한

고양이 색깔의 슬픔이라고 기록하면 안 되나

김장을 안 하는 명백한 이유

오늘은 바람이 동쪽에서 불고 나는 백 살이 된 것처럼 아파요
은행잎은 노랗게 왜곡돼 있지만 청춘은 언제나 지난 휴일
에 걸어온 낡은 숲인 걸

어느 광고 카피처럼 나이를 아끼는 가장 좋은 방법은 빨리
죽는 것이죠
이번 주에는 세 살 먹은 요정처럼 살려구요

맞아요 잠깐이면 돼요 늙는 것은
아직 무너지지 않은 육교 위에서 할머니들은 먹을 수 있는
나물을 팔고 있고
나는 그곳을 무사히 지나쳐 왔어요

하늘의 나사가 조금 풀어져 있군요
꿈속에 떨어진 머리카락 한 올을 정확히 집어내는 것은
비과학적이죠
당신의 옆구리부터 저녁까지 비 오는 날의 쓸쓸함이 라디오
채널처럼 크고 환하게 켜질 때 나이를 먹듯이

〉

그리고 그런 날은 점심을 굶듯

시간을 한 장 한 장 넘기면서 풀로 붙이려고 할 때

풀이 없고 시간이 없고 그럴 때

올해는 그래서 김장을 안 하려고 해요

의자가 없고 왼손으로 커피를 마시고 싶을 때처럼요

감은 눈

감은 눈 속에는 우리나라의 소가 있고 풀밭이 들어 있다 구름이 떠 있을 수 있으며 느리게 이별하는 장면도 방영되고 있다

감은 눈 속에는

바이올린을 켜는 사람들 피아노를 듣는 사람들은 담겨 있지 않고 다리가 없는 사람들의 옷을 흔드는 바람이 보인다 다시 볼 수 없는 텔레비전이 켜 있는 곳 잠시 이런 사람이 살고 있다면 그는 죽었으리라 본질적으로

세상의 헛간을 잠시 들여다본 이후로 그는 영원히 죽었겠다 다정하게 죽은 사람들이 슬프게 조문할 수 없는 수법으로

어린 미나리 밭에는 어린 미나리 아닌 것뿐 이렇게 채색된 하늘은 어떻게 푸르게 삶아 먹나

그림이 가장 잘 보이는 저쪽으로

〉

　누가 감광된 필름을 오늘 쪽으로 갖다 대나 오월의 절벽
에서 떨어져 다리가 여러 군데 부러진 사람의 생각처럼 바
람과 바람이 드나들며 꿰매놓은 형이상학적 시커먼 망막 속
으로

자판기

만 원짜리 지폐를 밀어 넣으니 이른 아침이 튀어나왔다
국밥이 튀어나오고 악어가 튀어나왔다

도망을 다니는데

뚱뚱한 사랑이 튀어나왔으므로 갑자기 왼쪽이 없어졌다
서른 살 이후가 아무도 모르게 사라졌고
시계가 먹통이 됐으며 핸드폰이 울렸다

가끔 감기에 걸렸지만 노란 모과를 물에 끓여 먹었다
공원의 별처럼 들국화를 오래 바라보기도 했는데
보라색 국화꽃이 잘 보이지 않는 밤이면
누군가 호주머니를 털어갔다
어제는 오백 원짜리 달빛이 드나들었다

인류에게 끝없는 사랑을 실천하려는 것은 아니지만
쇠로 된 갑옷을 입고 깊은 바다에 홀로 들어가
커피를 쏟는 꿈을 꾸기도 했다

울고 있는 것도 아닌데, 탕탕 누가 몸을 자꾸 친다

참 재미있겠다

죽음의 저 너머를 들여다보는 맛이

피자

열두 마리의 개가 피자를 끌고 간다
개와 피자 사이에는 오래 묵은 신뢰 같은 것이 있다
개를 보려는 것도 아니고
피자를 보려는 것도 아니고
개가 피자를 끌고 가는 것을 보려고
햇빛과 나무로 된 사람들이 연도에 몰려 있다
그중에는 오른쪽 기억을 약간 다친 여자도 있고
피자가 개를 끌고 가는 날이 오겠지 생각하는 남자도 있다

사랑이 그리운 사람들은 피자 한 판 보내주세요
전화를 건다 아니다
배가 고픈 사람들은

개가 피자를 끌고 가는 것을 보려고

밀레가 만종을 그릴 때 갑자기
개가 피자를 끌고 가는 장면을 떠올렸을지도 모른다
들판에서 기도하는 여자는 배가 몹시 고팠는지 모른다

제발 피자 한 판 주세요

개가 끄는 피자를 주세요

나는 다만 연도에 서서 박수를 치고 있을 뿐

박수 소리를 은박지에 싸서 냉장고에 넣어놓았을 뿐

두시 바람

바람 부는 날 너 다행히 불행해서 나는 참 다행이다

두시에 부는 바람을 맞고 눈물을 삼키고 있었을 때
그때 항아리는 존재론적으로 둥근 모습이었다

할머니는 비가 오려나 보다 하고 된장 뚜껑을 덮고 있었다

밸런타인데이에 무슨 할머니 밥상이냐고 싸웠다
종교와 이념전쟁이 불러온 비극은 신문지에서 본 듯하다
그동안 우리는 사랑의 대상에 대해 이야기하고 술값을 내
기 위해 싸웠다
너는 천천히 오지 않았고
비는 내리고 우리의 우주관은 쉽게 무너졌지만
다행히 식당 할머니는 욕설을 하며 뚜껑을 닫는 모습이었다

된장찌개를 먹으면 도착하는 두시 바람

두시 된장찌개가 생각난다 시래기를 길게 건져 먹으며

너와 함께 된장찌개를 먹지 않은 된장찌개가 생각난다

화장을 열심히 하고 구름을 퍼먹으러 온 여자들이
나무 그늘에 그늘처럼 성실하게 앉아 커피를 마시고 있어
행복하다
두시 바람은 몇 시에 부는 걸까

된장찌개를 먹으며 꾹꾹

네가 오후 두시에 불행하다는 소식을 들으면 나는 행복하다

허공

허공을 걸어 다닐 수 있다면

모든 계단은 지워지고
계단을 청소하는 사람들도 실직할 확률이 높다

5번과 6번 계단 사이에 넘어진 저 여자도
나도
조만간 사라질 것이다

하늘을 날던 새가
어느 계단에 부딪쳐 울 것이다

우린 왜 아빠가 없어요?
어린 새가 물었다
하늘 모서리에 부딪쳐 죽었단다
너도 허공을 조심해라

손에 관하여

손은 몸의 맨 처음 시작이며 그 맨 끝에 있다

처음 만날 때 악수했던 손은 오른손이고 헤어질 때 흔들며
사용했던 것도 오른손이었다

그 사이, 당신을 안았던 것도 그 손의 짓이었다

매 순간을 축으로 달아나려고 하는 동작과 깊게 끌어안으
려는 마음의 궤적 때문에 우리 몸은 둥글다

나는 사실 기성품인 이런 손을 매일 씻고 말려서 가지고
다닌다 심장과 혀 사이에 와 박혀 모든 거리를 기억하는

7월 여자

이 동네에는 바라볼 때만 지나가는 옥탑방 구름들이 살고
7월의 여자가 있지
그녀는 제 이름이 기억나지 않는 얼굴로 시간을 널고 있지
저 악보는 6월이 찢어놓은 바람의 달력 같다

빨래는 그녀를 안는 자세로 두 팔을 벌리고
축축해진 그림자를 조금씩 꺼내 먹고 있다

어쩌다 세상을 뒤집어 입고 있는 그림자들
하늘 저쪽을 바라보다 마주치면
동전을 줍는 척 고개를 숙이고
또 마주치면 떨어진 동전을 두 개 줍는 시늉을 한다

난간의 용도는 다양해서
스티로폼 박스가 위험하게 앉아 있기에 적합하다
저곳은 흙냄새를 맡아도 어떤 눈물이 자란다 꽃이 피면
동전이 굴러가는 방향으로
파꽃을 핑계 삼아 어느 날은 오래 어두워질 수 있겠다

아픔은 저마다 색다른 의상을 입고 있지만

푸르게 난간을 넘어오는 저 여자

음악을 크게 틀어놓았기 때문에
이 계절은 소리가 지워진 채 떠내려가는데 거기 가면
늦게 도착한 편지처럼
7월의 여자들만 사는 섬이 나올지 모른다

4부

스위치

　어린 나비 한 마리가 바위의 가슴에 앉는 찰나 바위는 금이
갔다
　찬란한 생성의 힘 어둠의 몸통이 흰 뼈를 내보이며 망설
이고 있다
　천년의 침묵은 보람도 없이
　쩡
　깨져버린다 금의 틈새에 마악 도착한 햇빛이 묻고 이제
싹 틔울
　씨앗 하나 즐겁게 접속된다 꽃이 피고 그것은 언제나 환한
중심이
　되었다 꽃의 얼굴은 늘 개폐의 원리를 따른다

　신나게도
　그리움의 회로를 타고 와
　내 안에 불이 켜지는 그

동쪽으로 세 발짝

동쪽으로 간 닭의 시를 쓰는 일은
동쪽으로 간 닭의 시를 쓰지 않는 것보다 쉽다

가령, 모퉁이를 돌아가버린 이름에 대해 또는
장미꽃이나 거미, 아버지에 관해 시를 쓰려고 할 때
꽃은 시들고 거미는 구멍으로 들어가고
아버지는 죽는다
그러므로

만일 닭이 시를 쓴다면 틀림없이
계란에 대해 쓸 것이다
어떻게 하나, 처음엔 굴려보기도 하고 삶아서
저녁별을 찍어 먹으며 생각에 잠길 것이다
이별을 경험한 닭들은
어제는 그와 헤어졌는데 슬퍼요라고 썼다가 지우고
싱싱한 닭의 삶에 대해 삶은 닭에 대해
깊이 천착할 것이다

〉

한여름이라고 하지만 내가 닭이라면
동쪽으로 세 발짝 걸어가 뜨거운 냄비 속으로
질기지도 않고 푸석거리지 않을 정도의 마음이었을 때
더운 몸을 식히면서 나올 것이다

동쪽으로 간 사람들이 신발에 묻은 흙을 털고
해 질 무렵에 잡아먹은 닭이라면

춤추는 신데렐라

바퀴가 보이는 호박을 타고 가는 밤
명왕성 불빛이 켜지고 마차가 하늘 있는 쪽으로 달린다

제 몸이 어른처럼 싫어질 때
어떤 아이들은 달빛에 빠진 음악을 건져 먹고 있다
달즙은 빨아 먹을수록 어두워진다
신데렐라는 그곳에서 겨울 나비처럼 죽었고
나비는 죽음을 극복하는 방식으로 날아오르고 있다

어둠은 쉽게 깨져서 발을 찌르기 때문에
유리구두는 밤에 춤추기 적합한 신발
이름표를 바꾸어 달지 말아요 나는 동화 나라의 입주민
신하들은 사용이 금지된 구름을 띄우고
체계적이고 다양한 기쁨을 제조하기 시작한다

나는 유리창 같은 당신을 모른다
불빛은 어두운 부분을 골라서 바라보고 있지만
몸에서 빠져나간 담배 연기처럼 당신의 화장은 관념적이고

밤은 독극물을 마신 것처럼 관능적이다

이제 춤을 몸 밖으로 내보낼까요 당신
그대가 그대 몸을 잠시 바꿔 입고 나온 것처럼
내 몸이 빠져나오면 공주가 될 수 있나요

오늘 그림자

햇빛 말짱한 대낮에도 그림자 없는 것이 있다
바로 그림자

열 살이 되기 위해 길을 건너는 아이도
깨지지 않은 유리창도 모두 조심스럽게 그림자를 거느리고
있다
사실 그림자도 다가가 옷을 벗겨보면
양파 껍질처럼 냄새나는 그림자가 또 있을지 모르지만
태양은 본질적인 것에는 신경 쓰지 않는다

어느 땐 우리 집 개가 몸을 부르르 떨며 먼지를 털다
가끔 혼자 넘어진다
그러면 그림자도 같이 일어난다

땅을 가만히 들춰보면 거기 그림자 없는 사람이 누워 있다
그가 신문을 읽고 있을 가능성은 매우 낮다
오늘자 스포츠 신문을 읽고 있다는 생각은 편견이다

〉

오늘은 문이 잘 열리지 않아

그림자 도둑놈이 그림자를 한 개 훔치러 왔다가

제 그림자를 벗어놓고 갈지도 모른다

내가 종일 걸치고 다닌 옷의 팔다리에 달라붙어

질긴 곱창 그림자를 씹고 있는 그림자들

아파트

깊은 산중에 아파트가 들어서고 사람들은 살지 않았다
오래된 순서대로
계절마다 꽃이 피고, 눈이 왔다

음식 냄새가 사라지고 속도가 사라졌다 소파와 부부싸움이
문으로 사라졌다
옷을 벗고 아침과 저녁이 부부처럼 살았다
계단이 사라지고
어제가 매일 사라지고
마침내 조용히 아무것도 남아 있지 않았다

해골의 눈을 쪽쪽 빨아 먹으며
시간이 살았다

사랑해
천사와 악마가 아주 귀여운 형태로 태어났다

조금 갈라진 바닥의 틈으로

깊은 산중이 사라졌다

귀여운 아이가 계단을 오르고 있었다

비빔밥과 분리수거에 관한 질문

1

쓸쓸한 당신은, 배가 고프면 가까운 하늘을 비벼 먹으세요. 날마다 처음 보는 세상처럼 외로운 날이면, 머리칼이 가장 푸른 바람을 잠깐 집어넣고, 깔깔 웃는 진달래도 따 넣고 벅벅 비비세요. 이 개성 있는 식당은 요즘 성업 중이라 당신의 개성은 무시해버려요. 꼬리를 잘라버린 도마뱀의 짧은 인연도 그 상처도 아, 하늘에 올라가면 별이 되지요. 머리를 감싸거나 오랫동안 무릎을 꿇더라도 마지막 질문처럼 허기는 찾아와요. 거울도 깊이 잠드는 밤이면 내 마음을 뚝뚝 팔다리도 뚝, 머리통도 뚝, 한 통 속에 비벼 넣어요. 자폐증의 월요일과 싱싱한 주말도 살짝 하루를 속여 넣어주세요. 압정을 밟은 듯 묵직해서 만져보면 돌아누운 한밤의 앙상한 등줄기. 저런, 저 기사 아저씨는 배고픈지 막말도 잘해. 욕도 싱겁지 않게 섞어서…… 상처도 비벼 놓으면 아이스크림처럼 달콤해서 하느님도 못 알아볼 거예요. 정말 저 찬란한 아파트 불빛도 뻔한 거짓말이죠. 즐겁게 비벼드릴까요? 자동차와 당신과 즐거운 낭떠러지! 꽃 피는 아침에 문득 꽃이 피었군요.

2

    은하수 단지 분리수거 하는 날은 꼭 비만 오는 날. 비 오는 날 웃기는 정치인은 이쪽, 호주머니가 커다란 재벌은 저쪽 마대 자루. 아 참, 시인도 순서대로 분류해서 여기다 넣는 거 맞죠? 빈 깡통은 어디였더라…… 국물이 흘러요. 이렇게 낡은 생각도 한번 비에 젖나요. 그런데 갈수록 자루가 모자라네. 최신형 우주인이 쓰다 버린 첫사랑과 그곳을 거닐던 오솔길과 새로운 농담은 버릴 데가 없어요. 이 그림은 앤디 워홀 바이러스에 심하게 감염돼 격리해야겠군요. 지식은 갈수록 다리를 절어서 돈을 주고 버려야지. 아주 오래된 어둠은 밤에 살짝 버리면 감쪽같아. 불륜은 가져오지 마세요. 아파트 주민이 아니잖아요. 저 빗줄기 아저씨, 왜 발등을 자꾸 밟으실까. 개성도 좋지만 그렇게 급하시면, 화장으로 해서 강물에 공짜로 띄워드릴까요? 저런, 화단 위에 당신이 당신의 몸을 우산 없이 가끔 버리기도 하는군요. 비가 오는 날은 이쪽, 비가 오고 분리수거 하는 날은 은하수 저쪽.

물방울에 대한 기억

멀어지는 물방울무늬를 보았나 물방울무늬는 물방울처럼 아래는 한없이 둥글고 위가 없는 그런 무늬
그림자도 그렇게 생긴 무늬

물방울을 바라보고 있으면 모든 길들은 끊어지고 여자라는 말이 입안으로 흘러 들어온다 한쪽 다리는 붉고 나머지 다리는 푸른 말굽자석처럼
손끝으로 잠간 대본 듯
모든 별과 해와 달의 순서가 바뀌고

세 번째 감정을 지닌 여자를 지나 자전거처럼 홀로 남아 있을 때 커다란 바퀴를 돌리면 우주 밖으로 떠돌 수 있게 된다
우리는 모두 지난밤이 되었고 그림자는 시계 방향의 기차를 탔다

푸른 물감을 들고 물방울을 바라보면 수 세기 전의 사람과 삼 분 동안 악수했던 저녁이 손을 잡았다가 놓기도 한다
우리는 그보다 더 오래 어느 시간의 게으른 관리인처럼

흘러 다닌다 등에는 여자가 두고 간 손같이 하얀 지느러미를 달고

일 분 동안 우산

비가 그친 줄 모르고

일 분 동안 쓰고 걸어간 우산을 음악이라 하자

접은 우산의 딸처럼

우산을 접으면 주르륵 흐르는

첫 번째 가로수의 두 번째 전생과 검은 발자국 소리

꽃의 노란색 바깥이라고 부르자

불가능한 저쪽이 따라온다

나뭇가지 사이에 스무 살 적의 새와 서른 살의 젖은 새가

새가 되기 위해 앉아 있다

나는 늘 없고, 내 옷을 입고 있는 것 같다

너를 이해해

가수가 넘어지고

놀이터에서는 수많은 공이 사라진다

대부분의 현재는 발바닥을 보여주지 않는다

불 위에 냄비를 올려놓고 아주 잊어버리자

삼천 년 후의 목요일이 도착할 것이다

비와 시간으로 깎아 만든 식탁 위에
음료수가 놓여 있고 누가 입술을 놓고 갔다
머리핀을 꽂고 머리가 길게 자라는
우산이 생겼다

아주 오래된 약속

약속 때문에 바다에 간다
약속 때문에 삼십 개의 사과가 호두나무에 열리고 전쟁이
터지고
조용한 저녁이 된다

약속이 있어 겨울과 까만 구두를 만드는 중이야
깊은 밤과 삼백 가지의 기분을 만드는 중이야
이것은 사과다

구름과 비와 해가 헤어진다

토요일을 만들어놓고
오후를 만들어놓고
나무 그늘 아래 얼굴이 땅에 떨어져 뒹굴고 있네
한 마리 두 마리 세 마리의 나비들
한 마리 두 마리 백 마리의 나비가 가까운 가위처럼 나네

공을 잃어버린 방향으로

여름이 오고 나무가 자란다

나무와 풀의 이름이 기억나지 않는다

누가 온다

우리는 발자국처럼 정확하구나

땅에 떨어진 얼굴을 주워 흙을 털고

잊어버린 듯 웃고 있는 것이

조용한 손

조용한 손은 조용하다 어제의

약사는 약을 조제하느라 상처를 건드릴 뿐 조용하다

일요일의 거짓말처럼

약국에는 어제의 약이 없다

문틈으로 끼어든 정적도 정적 때문에 고요하고

끼어들 틈이 없다

두 번째 꽃집이 길을 건너오고 있다

모든 골목은 각별하고 추운데

사람들은 개처럼 첫눈이 오는 걸 좋아한다

눈송이가 머리를 만지고 걸어 다닌다

주부들은 주부가 되기 위해 바쁘다 말없이 그릇을 깰 때도

그릇을 깨지 않을 때도

개와 주부 사이에 조용히 눈이 온다

소년들은 소녀의 예민한 손으로 빚어 만든 얼굴로 웃는다

＞

잠시 너를 놓쳐야 할 텐데 만져야 할 텐데

내 소리를 받아줘

개와 주부와 소년은 눈으로 뭉쳐 만든 시간인데

모두 옷을 입고 있을 뿐인데

손으로 약을 잡았으나 눈사람으로 만들어진 사람처럼

손이 나를 놓고 있는 것 같다

이모

어제는 배의 난간에서 날짜변경선이
지워지고
아프리카로 간 소녀가 까맣게 된 이모를 부른다

파인애플을 따 주세요
나는 이곳에 너무 오래 웅크리고 있어 팔을 뻗을 수가 없네
초록색 아이가 되고 싶어요

흔들어서 마시는 음료수처럼
어제의 얼굴에는 어제의 소리가 들어 있다
아라비아 숫자로 되어 있는 얼굴들

이모는 숫자를 잊어버려 까맣게 되었단다
하나 둘 셋 빛이 세고 지나갈 때
거기에 새로운 과일이 열리고
아프리카에 피어 있는 꽃을 머리에 꽂고
어제의 놀이터가 생각나지 않는다

〉

세상의 모든 별들이 익숙해질 때
어느 날 집이 있고 이모가 생겼다

두 개의 까만 팔과 다리와 유방으로 만들어진
엄마를 네게 줄게

나를 기억하거나 잊지 말아주렴

우리는 네가 되기 위해 태어났고 매일
눈이 오지 않은 날처럼 산다

컵

바닥에 쏟아진 물같이
죽은 사람에게 봉투를 주고 돌아설 때
컵은 실패하고

누가 이십 층에서 뛰어내려 구 층을 지나간다

그는 조금 전의 이십 층을 기억하고 있다
구름을 불러 잊고 있다 층과 층 사이에는
많은 계절이 있다

지금 이곳은 안전해
아직 컵은 시원하고 견고하다

안녕, 하고 웃었으면 좋겠는데
바닥이 나를 배신하고 애인으로 안는다면

비싼 컵이었다면 아까워라 파편은 어떻게 치우지
컵의 세계에서

손이 없다면 어떡하지

구름을 지나 컵이 잠시 후 팔 층으로 떨어질 때
너무 잡기 어려워

아래의 컵을 놓치고
컵의 아래를 잡고 있을 때

의자 이야기

의자가 어느 것을 뱉어낸다

꾸벅꾸벅 졸던 중년 남자를 분홍색 여자의 분홍색 엉덩이를
모르는 할머니를 도둑놈을 불편한 가방을 뱉어낸다

새가 날아가고 분홍색이 날아간다
파인애플과
도둑놈의 코가 날아간다
별이 지고
천 년 동안 강물이 지나간 흔적들이

의자가 없다면 분홍이 없겠지
도둑이 없겠지
모든 이야기가 없겠지

⟩

우리는 이야기가 없어서 웃을 수가 없다

의자가 날아온다 웃음을 참을 수 없다

수수와 꽃과 다리

수수꽃다리를 발음하면 수수꽃다리와

수수와 꽃과

다리가 떠오른다 누구의 다리인지 성냥을 켰는지

움직이는 지네의 두뇌보다 더 많은 다리들

만져본 적이 있는 다리와 없는 다리들

계단을 오르면 있는 다리들

나는 너무 늦거나 바빠서 너를 보지 못하네

수수와 꽃과 다리를 다 보지 못하네

힘차게 라면이 불어서 터지고 있다

〉

여기는 입이 없는 세계구나

수수꽃다리가 수수와 꽃과 다리가 되지 않으려고

잠깐 말을 멈추고 있다

열한시 반

열한시 반에 누가 보내준 것 같은 봄이다
누가 버린 것 같은 열한시 반이다

잠깐이면 돼

빵을 먹고 손을 뒤에 감추고
시간이 다가와 검은 비닐봉지 같은 것을 놓고 갔다
그것을 주웠고 손에 있다
왼쪽에서 두 번째 시간은
물을 마시지 않아도 되는 시간 물이 되는 시간
나이를 알 수 없는 염소가 이쪽을 보는 시간

바다 깊은 곳에서
비가 내리고
멸치가 시간을 발명하고 담겨 있던 접시를 버린다
멸치가 멸치의 머리를 버린다

백 년 후의 기차를 예약하고

껌을 씹으며 그 기차를 타고 먼 곳으로 갈 때
열한시 반이 완성된다

봄이었기 때문에 나는 내가 아니고
그때 맡았던 기다랗고 둥근 빵 냄새거나
빵이었던 기억이 난다

마야

토마토 같은 것이 붉게 터진다 마야의 손에서

방 안에서 죽은 잠자리를 손에 들고 버리지 못한 채 버릴 곳
을 생각하다 잠자리가 날아가고 그것이 손가락으로 변할 때

입이 있는 것들의 하얀 이빨이 박히고 있네 아직 사과가
열리지 않은 사과의 등에

목 깊숙한 곳에서 어둠이 찢어진 곳에서

다른 생이 건너오네

오늘 붉은색을 누가 모두 가져간다면

나는 붉은색 옷을 버리게 될까

누가 내게 말을 건다면

붉은색으로 목을 조른다면 붉은색 쪽으로 걸어갈까

월요일과 화요일 오후가 서로 뒤바뀌고

문이 혼자 열리고 닫힐 때

누구나 그것을 백 명의 마야가 다가오는 것이라고 말한다

일어서려고 하는데 열매가 떨어진다

처음 보는 나라의 하얀 손이

토마토를 으깨면서

해설

그늘의 중력, 둥근 존재의 비밀

이재복 / 문학평론가 · 한양대 교수

1. 이상한 그늘의 힘

최호일의 시를 읽는 일은 혼돈의 연속이다. 이 사실은 그의 시에 내재해 있는 혼돈 속에서 질서를 찾아가는 과정이 결코 쉽지 않다는 것을 의미한다. 한 편의 시의 혼돈이 정리가 되면 곧이어 또 다른 혼돈이 이어지는 시 읽기의 과정은 고통이면서 즐거움이다. 한 편의 시에서 시적 상상과 표현의 안정과 질서, 균형을 넘어 불안정과 무질서, 불균형을 체험한다는 것은 미의 확장된 세계를 드러낸다는 점에서 의의가 있다. 시의 온건하고 보수적인 성향에 길들여져 있는 우리 독자들에게 이러한 체험은 곤혹스러움 그 자체일 수 있다. 시의 모던함이 불편함이라든가 충격에 있다는 사실을 전제한다면 우리 독자들의 보수성은 자칫 그의 시를 시인 개인의 관념화된 지적 유희나 소통불능의 괴물로 간주해버릴 위험성이 있다. 그의 시에 대해 우리 평단이나 독자들이 보인 저간의 미온적인 반응이 이와 무관하지 않다.

혼돈의 연속으로 이루어진 그의 시를 읽어내기 위해서는 먼저 그 '혼돈의 눈'의 정체를 찾아내야 한다. 그의 시 깊숙이 은폐되어 있는 혼돈의 눈의 정체를 탈은폐시키지 못한다면 그의 시 세계를 이해하기란 거의 불가능하다고 할 수 있다. 그의 시 깊숙이 은폐되어 있는 이 혼돈의 눈이 그의 시의 형식과 내용을 결정한다. 그의 시에서 혼돈의 눈을 발견하기 위해서는 '눈'에 주목할 필요가 있으며, 이때의 눈은 고요하고 깊은 중심의 속성을 지닌다. 눈의 고요하고 깊은 속성은 시 속으로 우리를 강하게 끌어들이는 징후적인 힘으로 작용한다. 그의 시에서 징후적인 힘으로 작용하는 이 혼돈의 눈이 바로 '그늘'이다. 우리에게 이 단어는 주로 빛과 대척적인 의미로 알려져 있을 뿐 그것이 지니고 있는 존재론적인 의미에 대해서는 거의 알려져 있지 않다. 그렇다면 존재론적인 의미에서 이 그늘이란 무엇인가? 이와 관련하여 김지하는 그늘을 그림자와도 다르고 어둠도 아니라고 하면서 그늘은 '빛과 어둠', '웃음과 눈물', '한숨과 환호', '천상과 지상', '이승과 저승', '환상과 현실', '주관과 객관', '주체와 타자'를 아우르는 존재의 원리라고 규정하고 있다.

그늘의 이러한 존재 원리는 그것이 세계를 이분법적이고 변증법적인 차원으로 이해하는 것이 아니라 불연기연不然其然의 논리 같은 상생과 상극의 차원으로 이해한다는 것을 의미한다. 그늘의 차원에서 세계를 보면 이분법적이고 변증법적인 차원에서 볼 때와는 다른 세계가 새롭게 드러날 수 있다. 그늘이 던지는 존재론적인 속성은 기본적으로 투명한 이성이나 변증법적인 논리와는 달리 불투명한 감성이나 상극, 상생, 역설, 모순 같은 비변증법적인 아우름의 논리를 지니고 있다는 점에서 시와 강한 친연성을 드러낸다. 그늘과 시의 맥락에서 우리 시를 읽으면서 특히 최호일의 시에 주목한 것은 그의 시 행간에 무의식적인 차원으로 드러나는 그늘의 원리 때문이다. 이와 관련하여 한 가지 흥미로운 것은 그가 시 속에서 '그늘'에 대해 언급하고 있다는 점이다. (물론 나는 그의 시 쓰기가 그늘에 대한 의식적인 자각을 통해 이루어진 것이라고 생각하지는 않는다.) 비록 의식적인 차원은 아닐지라도 그늘에 대한 그의 언급은 시사하는 바가 크다.

「이상한 그늘」에서 그는 그늘에 대한 예사롭지 않은 통찰력을 보여준다. 이 시에서 그는 그늘을 요모조모 관찰한 뒤 '저녁이 오는 쪽으로 사람들은 죽고/여우가 여러 번 울어서 밤이 오면, 아무도 그것이 어둠을 열고 사라진 검고 이상한 사람인 줄 모른다 그늘이 조금씩 먹어치우고 있다는 것을'이라고 노래한다. 그늘이 단순한 그림자나 어둠이 아니라 세계의 애매성을 아우르는 존재의 한 표상으로 드러나고 있다는 것을 알 수 있다. 그의 시의 그늘에 대해 나는

최호일의 「이상한 그늘」은 그의 시의 특장을 잘 보여준다. 다른 무엇보다도 이 시에서 시인의 사물과 세계에 대한 감각과 통찰이 엿보이는 것은 '그늘'을 시적 질료로 삼고 있다는 점이다. 그늘은 이미 그 안에 불투명하고 애매모호한 의미를 지니고 있는 그런 질료이다. 그늘은 밝은 것도 아니고 어두운 것도 아닌 그 중간 혹은 사이를 말한다. 따라서 그늘은 밝으면서 어둡고 어두우면서 밝은 세계이다. 이것은 그늘이 밝은 것과 어두운 것을

모두 수렴하면서 동시에 그것을 넘어서는, 어떤 제3의 세계를 만들어내는 미학의 핵심 개념이라는 것을 의미한다. 그늘에 우주적인 창조성 같은 거창한 의미 부여를 하지 않더라도 그것이 드러내는 현상을 섬세한 감수성으로 통찰한 사람이라면 그 오묘하고도 심원한 미학의 세계를 인식할 수 있을 것이다. (……)

　이런 맥락에서 보면 시인이 규정한 '이상한 그늘'은 곧 '어둠을 열고 사라진 검고 이상한 사람'이라고 할 수 있다. 시인이 규정한 이상한 그늘이 그렇듯 어둠을 열고 사라진 검고 이상한 사람 역시 그 식성을 헤아릴 수 없을 정도로 무한하다는 것을 알 수 있다. 시인의 식성의 정도는 시인이 연 어둠의 크기에 비례한다. 어둠 혹은 어두컴컴한 무의 세계를 열고 싶어 하는 시인의 식성(욕망)은 그의 시가 추구하는 경계의 불투명함이나 환각의 세계를 살찌우게 할 것이다. 어쩌면 시인이 발견한 이상한 그늘은 시의 세계에서는 전혀 이상한 것이 아닌지도 모른다. 우리가 흔히 정상이라고 생각하는 이성의 논리나 합리성의 논리를 훌쩍 넘어선다는 점에서 시란 원래가 이상한 것 아닌가? 이상한 그늘이 조금씩 어떤 세계를 먹어치울 때 그만큼 또 다른 세계는 생겨나는 것 아닌가?[*]

　　　　라고 말한 바 있다. 이 논리대로라면 그는 어둠의
　　　　세계를 열고(먹고) 싶어 하는 그늘의 식성을 지닌
　　　　시인이며, 그가 먹은 만큼 다른 세계가 생겨난다
　　　　는 것이다. 은폐되어 있는 어둠의 세계가 탈은폐
　　　　된다면 그것은 숨겨진 차원의 현현으로, 숨김과

[*] 「그늘의 식성」,『우리 시대 43인의 시인에 대한 헌사』, 작가, 2012, 42~45쪽

드러남 혹은 현존과 부재의 차원이 동시에 고려
된 상태에서 탄생한 세계라고 할 수 있다. 어느 한
쪽이 아니라 양쪽이 모두 고려된 상태에서 탄생한
세계는 어떤 세계일까? 분명한 것은 그 세계가 평
면보다는 입체적인 부피감을 더 드러낼 수밖에 없
다는 사실이다. 그의 의도여부에 상관없이 그늘
의 식성을 통해 우리가 미처 발견하지 못했거나
배제해버린 세계의 실체를 가늠해보고 또 만나게
된다는 것은 체험의 특별함을 말해준다.

2. 세계의 안과 밖 혹은 둥근 부피감

그늘이 단순한 그림자나 어둠이 아니라는 것은 세
계의 부피감과 관련하여 의미심장한 데가 있다.
그늘이 그림자라면 그것은 실체가 없는 형상에 불
과하며, 그늘이 단순히 어둠이라면 그것은 어둠
을 가능하게 하는 밝음이라는 바탕을 배제한 채
그 존재를 규정한 것에 지나지 않는다. 어둠과 밝
음에서처럼 그가 그늘을 제시함으로써 자연스럽
게 세계의 안과 밖, 특히 안쪽에 대한 관심이 논의

의 중심으로 부상하기에 이른다. 기본적으로 시인이라는 존재는 투명한 밖의 세계와 대척점에 놓인 불투명하고 어두컴컴한 세계의 안쪽을 탐색하려는 욕망을 지닌 자라고 할 수 있다. 이성의 빛이 닿지 않는 주술적이고 마술적인 힘이 작용하는 저 뮤즈의 세계에 자리하고 있는 존재로 간주되어온 자가 바로 시인이며, 이 뮤즈로서의 시인의 신성함을 두려워한 이성론자들이 그들을 끌어내리기 위해 혈안이 된 고대 희랍시대의 상황을 헤아린다면 우리는 세계의 부피감을 유지해주는 자로서의 시인의 존재론적인 무게를 짐작하고도 남음이 있을 것이다.

'그늘이 극에 달하면 우주가 바뀐다'는 말이 있다. '지금, 여기'에서 이 말의 존재론적인 무게를 제대로 느끼는 사람이 과연 얼마나 될까? 왜, 이 말이 한낱 관념어의 차원으로 간주되어서는 안 되는지를 제대로 이해하고 있는 사람들은 과연 또 얼마나 될까? 그늘이 극에 달한다는 것은 세계의 온전한 실체를 모두 섭렵해서 그것을 아우른다는 의미가 내재해 있다고 할 수 있다. 이런 점에서 세계의 어느 한쪽, 다시 말하면 빛과 어둠, 웃음과 눈물, 한숨과 환호, 천상과 지상, 이승과 저

승, 환상과 현실, 주관과 객관, 주체와 타자 중 어느 한쪽만으로는 극에 달할 수 없다. 극에 달해 우주가 바뀌려면 이 모든 것들이 오랜 삭힘의 과정을 거쳐야 하고 그것을 통해 자연스럽게 양쪽이 어우러져야 한다. 우리가 어떤 소리(판소리)를 듣고 '아, 그 소리에 그늘이 있어'라고 한다면 그것은 세상을 모두 아울러 그 세계의 온전한 실체를 모두 섭렵했다는 의미가 포함된 것이라고 할 수 있다. 소리꾼처럼 시인도 세계의 온전한 실체를 섭렵하려고 하며, 이를 위해 늘 세계의 안쪽을 탐색하려 하거나 심지어 자신의 몸을 던지기까지 한다.

최호일 시인 역시 세계의 안쪽을 들여다보려고 한다. 그는

세상의 가장 안쪽을 보여주려는 듯 미개한 부족의 언어처럼 보이지 않는 곳의 귀뚜라미가 울고 있다

모든 빛의 옷자락이 제 모습을 감추고 몸을 형광펜으로 칠한 사람들이 그 소리를 소리 없이 듣고 있다
어둠을 한 번도 만져본 적 없는 뼈처럼
약속을 하지 않았는데도 밤이 오고

평생을 죽고 있다가 들킨 사람의 표정으로
몸이 살 밖으로 빠져나온다

—「안쪽」전문

라고 고백한다. 그의 고백이 궁극적으로 겨냥하고 있는 곳은 '세상의 가장 안쪽'이다. 그곳은 미개라는 이름으로 소외되고 배제되어 은폐된(보이지 않는) 세계이며, 단지 '귀뚜라미 소리'로 환기될 뿐이다. 그는 이 귀뚜라미 소리에 자신의 모든 주의attention를 집중한다. 이렇게 주의를 집중하고 있는 자신의 상태를 그는 '어둠을 한 번도 만져본 적 없는 뼈', '살 밖으로 빠져나온 몸'에다 비유하고 있다. 세상의 가장 안쪽과의 만남이 주는 인상을 이렇게 표현한 것은 그것이 얼마나 신선한 충격이었는지를 잘 말해준다. 이 충격을 경험하기 이전에 그는 세상의 가장 안쪽의 존재를 지각하지 못했기 때문에 그곳에 대한 어떤 상상과 표현도 이루어질 수 없었던 것이다.

한 번도 만져본적이 없는 어둠을 만져보고, 몸이 살 밖으로 빠져나오는 체험은 새로운 세계를 구축하는 존재론적인 사건이며, 이로 인해 세계의 안쪽은 탈은폐되고 또 복원되는 것이다. 안쪽이 탈은폐되고 복원됨으로써 자연스럽게 세계는 안쪽과 바깥쪽의 동시적인 만남을 통해 구현된다. 「안쪽」에 잘 제시되어 있듯이 그의 시에서 세계의 탈은폐 내지 복원이 이루어지는 방법은 안쪽과 바깥쪽과 같은 두 차원의 동시적인 현현을 통해서 이루어진다. 두 차원의 동시적인 현현은 대개 세계의 숨겨진 차원과 드러난 차원의 변주의 형태로 나타나는데 이것은 본래 세계 자체가 현존과 부재의 동시성에 다름 아니라는 사실을 강하게 환기한다. 그는 세계를 늘 현존과 부재의 동시성의 차원에서 이해하고 판단한다. 가령 시간에 대해 말할 때도 그는 '벽에 걸어놓고 싶은 시간이 있다면/입속에 넣고 싶은 시간도 있다'(「하얀 손이 놓고 간 것」)는 식으로 드러난 차원과 숨겨진 차원을 동시에 제시한다. 이것은 세계의 존재 원리를 변증법적으로 보는 태도와는 변별되는 '그렇다(드러난 차원)'와 '아니다(숨겨진 차원)'의 끊임없는 변주를 기반으로 하는 불연기연의 존재 원리에 가깝다.

두 차원의 동시적인 고려는 어느 한쪽으로의 쏠림이 불가능하다는 것을 의미한다. 이 사실은 어떤 대상에 집착하여 스스로를 구속하는 일이 발생하지 않는다는 것을 전제한다. 어떤 차원이든 그렇다와 아니다의 끊임없는 변주와 교차반복을 통해 성립되기 때문에 어느 한 곳에 집착하는 일은 일어날 수 없다. 「새가 되는 법」에서 그는 이러한 자신의 세계 인식 태도를 분명하게 제시하고 있다. 그는 스스로에게 새가 되기 위한 법을 주문한다. 그가 제시한 새가 되는 법이란 '새장을 만들어 놓고 새장을 부술 것', '자신이 새인 줄 모르고 새처럼 날아가다가 깜짝 놀랄 것', '냄새나게 새는 왜 키우니 하고 돌을 던지면 맞아서 죽을 것' 등이다. 이 시에 제시되어 있는 새는 어떤 집착이나 구속으로부터 자유로우며 자신에게 닥친 운명을 회피하지 않는 그런 존재를 표상한다. 그가 새를 통해 제시한 것은 '자유'에 대한 확고한 자신의 이념이라고 할 수 있다. 그가 꿈꾸는 자유는 세상에 대한 집착과 구속으로부터 자유로운 견고한 자아의 구축으로부터 시작된다.

자신의 에고가 자유의 견고한 바탕 위에서 성립될 때 세계에 대한 탐색의 정도도 그만큼 깊어질 수 있으며 그것의 완성은 '둥긂'으로 드러난다. 세계의 둥긂 혹은 둥근 세계는 소외의 변증법이 아닌 아우름의 원리가 만들어낸다. 한 대상과 다른 대상 혹은 한 차원과 다른 차원이 서로 배제하고 소외시키는 것이 아니라 그것을 아우름을 통해 일 치시키는 이 반대일치의 원리가 세계의 둥긂 혹 은 둥근 세계를 만들어내는 것이다. 자신과 반대 된다고 해서 그것을 배제하거나 소외시키려 하지 말고 그것을 아우르는 것이야말로 서로 서로를 자 유롭게 하는 한 방법이라고 할 수 있다. 서로 대척 점에 놓인 대상이 배제되거나 소외되지 않고 존재 해야만 세계에 대한 균형이 깨지지 않고 유지되어 둥근 세계가 만들어지는 것이다. 그는 세계가 둥 근 것에 대해 손과 몸을 예로 들어 여기에 답한다. (물론 세계가 둥글다는 것은 이미 그늘 속에 그 의 미가 잘 드러나 있기 때문에 어쩌면 그것을 다시 이야기하는 것은 동어반복일 수 있다. 하지만 손 과 몸을 통한 비유는 다른 어떤 것보다 구체적이 라는 점에서 그것에 대한 강조는 의미가 있다.)

　그는 '손은 몸의 맨 처음 시작이며 그 맨 끝에 있 다'고 말하기도 하고 또 '매 순간을 축으로 달아나 려고 하는 동작과 깊게 끌어안으려는 마음의 궤적 때문에 우리 몸은 둥글다'(「손에 관하여」)라고 말하 기도 한다. 시작이 곧 끝이고 끝이 곧 시작이라는 사실과 함께 달아남과 끌어안음이 동시에 이루어진다는 사실에 대한 그의 고백은 왜 세계가 둥근지를 흥미롭게 제시하고 있다. 그의 말처럼 매 순간 우리는 시작과 끝, 달아남과 끌어안음 사이의 반대일치적인 긴장 관계 속에 놓여 있다고 할 수 있다. 변증법적인 원리가 아니기 때문에 이 둥근 존재론이 변화와 생성이 부재한 지극히 정적인 것이라고 인식하는 경우가 있는데 이것은 세계를 단선적인 직선의 논리로만 이해한 데서 비롯된 결과이다. 그가 보여주고 있는 둥근 존재론의 세계에서도 갈등과 대립을 통한 변화와 생성이 있고, 상극과 상생과 같은 역설의 논리를 통한 이중적이고 중층적인 차원의 역동적 유출이 일어난다. 이것은 이 둥근 존재론을 토대로 하는 그의 시의 세계가 역동적이고 변화와 생성을 거듭하면서 새로운 의미의 장을 열어갈 수 있는 가능성을 내재하고 있다는 것을 말해준다.

3. 개폐와 매개의 미적 원리

최호일 시의 바탕에 그늘과 둥근 존재의 세계가 자리하고 있다는 것은 의미심장하지만 그 세계를 하나의 미적 차원으로 승화하는 데는 다양한 원리가 전제되어야 한다. 하나의 세계가 수많은 관계의 절과 마디로 이루어져 있듯이 그늘과 둥근 존재의 세계 역시 마찬가지이다. 이런 점에서 볼 때 그늘과 둥근 존재의 세계를 이루는 수많은 관계의 절과 마디에 대한 이해가 없으면 그 세계의 전모는 드러날 수 없다. 수많은 절과 마디 없이 세계의 관계망이 성립될 수 없다면 그 절과 마디는 세계에 대해 어떤 역할을 하는 것일까? 수많은 절과 마디가 있어 그로 인해 세계가 성립된다면 그 절과 마디는 생명처럼 역동적인 유출의 형태로 존재할 수밖에 없다. 생명은 숨김과 드러남 혹은 현존과 부재의 교차와 재교차에서 알 수 있듯이 변화, 생성, 소멸의 과정을 내포한 역동적인 유출 활동이다.

한 차원에서 다른 차원으로 이동할 때 수많은 절과 마디는 일종의 개폐 혹은 매개의 역할을 수행한다. 어떻게 개폐되고 매개되느냐에 따라 전

체로서의 세계의 모습은 달라질 수 있다. 특히 미
적 원리를 기반으로 하는 시의 세계에서는 보다
섬세하고 새로운 개폐와 매개의 방법이 무엇보다
도 요구된다고 할 수 있다. 개폐와 매개에 따라 어
떻게 세계가 달라지는지를 그는 「스위치」와 「물
방울에 대한 기억」에서 아주 선명하게 보여주고
있다.

어린 나비 한 마리가 바위의 가슴에 앉는 찰나 바위는 금이 갔다
찬란한 생성의 힘 어둠의 몸통이 흰 뼈를 내보이며 망설이고 있다
천년의 침묵은 보람도 없이
쩡
깨져버린다 금의 틈새에 마악 도착한 햇빛이 묻고 이제 싹 틔울
씨앗 하나 즐겁게 접속된다 꽃이 피고 그것은 언제나 환한 중심이
되었다 꽃의 얼굴은 늘 개폐의 원리를 따른다

신나게도
그리움의 회로를 타고 와
내 안에 불이 켜지는 그

―「스위치」 전문

개폐의 원리에 의해 새롭게 생성되는 세계의 모습을 예각적으로 보여주고 있는 시편이다. 개폐에 의해 새롭게 생성되는 세계의 모습을 그는 '꽃'으로 드러낸다. 스위치를 올리는 순간, 다시 말하면 개폐가 이루어지는 순간 '환한 중심'이 생겨나고, 그는 이것을 '찬란한 생성의 힘'으로 명명한다. 하지만 개폐에 의해 환한 중심이 생겨났지만 그것은 이미 거기에 은폐되어 있던 세계이다. 단지 드러나지 않았을 뿐 숨겨진 채로 이미 거기에 있었던 세계를 그의 개폐에 의해 그 모습이 환한 중심을 얻게 된 것이라고 할 수 있다.

이러한 일련의 사실은 그가 시를 '은폐된 세계의 탈은폐'라는 현상의 차원에서 이해하고 있다는 것을 의미한다. 시가 은폐된 세계를 발견하고 그것을 들추어낼 때 중요한 것은 스위치와 같은 매개물이다. 하이데거는 은폐된 것을 탈은폐할 때 어떤 도구적인 연관성도 없어야 한다고 했는데 이 부분이 바로 시와 만나는 지점이며, 이것이야말로 시가 개념이나 이념의 도구로부터 독자적인 영역을 지니고 있는 양식이라는 점을 말해주는 대목이기도 하다. 은폐된 세계는 개념이나 이념처럼 도구를 통해 탈은폐될 수 없을 뿐만 아니라 또한 심하게 훼손될 수밖에 없다. 은폐된 세계를 탈은폐하는 가장 좋은 방법은 「스위치」에서처럼 숨겨진 세계 그대로 자연스럽게 드러내는 것이다. 시에서의 '꽃의 얼굴'은 이렇게 해서 드러난 세계이다. 어떤 것에도 훼손되지 않고 그 모습 그대로 고스란히 드러난 세계의 표상으로서의 꽃이기에 '환한 중심'을 지닐 수 있는 것이다.

'꽃의 얼굴은 늘 개폐의 원리를 따라야 한다'는 명제는 그의 시를 관통하는 중심원리 중의 하나이지만 그것은 생각처럼 그렇게 단순하지는 않다. 개폐나 매개의 원리만큼 그것은 복잡할 수밖에 없다. 하나의 세계는 기억과 물질(사물)을 매개로 해서 드러날 수 있다. 물질과 기억이 동시에 작용하면서 성립되는 세계는 단순히 외부로부터 수동적으로 얻어진 것이 아니라 자발적으로 선택하여 얻어진 것이다. 물질과 기억에 의한 신체와 정신의 자발적인 반응이 세계를 이룬다면 그렇게 해서 만들어진 세계는 인간 주체의 사고와 행위에 의해 얼마든지 다르게 드러날 수 있다는 것을 말해준다. 가령 「물방울에 대한 기억」에서 '물방울'이라는 물질은 기억을 가능하게 하는 질료이지만 그 기억이란 '물방울을 바라보고 있으면 모든 길들은

끊어지고 여자라는 말이 입안으로 흘러 들어온다
한쪽 다리는 붉고 나머지 다리는 푸른 말굽자석처럼'의 경우에서 보듯 물방울이라는 물질과의 유사성을 넘어 인접성의 차원에까지 닿아 있기 때문에 이런 독특한 세계를 만들어내는 것이다. 기억과 물질이 만들어내는 독특함은 '장지동 버스 종점'을 '한없이 가다가 개망초 앞에서 멈추는 곳'(「장지동 버스 종점」)으로 표현한 데서 드러나기도 하고, '식탁'을 '비와 시간으로 깎아 만든'(「일 분 동안 우산」) 것으로 표현한 대목에서 드러나기도 한다.

그러나 물질과 기억이 환기하는 이러한 세계는 우리가 유추할 수 있는 문맥을 거느리고 있지만 다음 시에서의 그것은 애매모호함 그 자체이다.

바나나를 오전과 오후로 나눈다

바나나를 밤과 낮으로 나눈다

바나나를 동쪽과 서쪽으로, 만남과 사소한 이별로, 여자의 저녁과 남자로

나눈다

바나나로 세계를 나눈다

불안해지는 바나나

드디어 생선이 되는 바나나

왼쪽 바나나가 사라지고

바나나의 미래가 사라졌다

아 바나나 하고 웃는 바나나

바나나

네가 있는 곳을 알려줘

—「바나나의 웃음」 전문

      이 시의 시적 대상은 '바나나'이다. 이 물질이 질
료로 기능하는 것은 바나나에 대한 시인의 독특한
연상(기억) 때문이다. 그의 연속된 오랜 시간의 기
억 속에서의 바나나는 '나누어짐'과 '사라짐'의 물
질로 환기되고 있다. 어떻게 이런 의미로 바나나
가 환기되게 되었는지에 대해서는 다양한 유추가

가능하겠지만 중요한 것은 이러한 유추가 재미난 시적 세계를 만들어내고 있다는 점이다. 바나나의 나누어짐에 주목하여 그것을 '오전과 오후', '밤과 낮', '동쪽과 서쪽', '만남과 이별', '여자와 남자' 등으로 나눈 것은 바나나에 대한 새로운 이미지를 환기한다. 이것은 '바나나로 세계를 나눈 것'에 다름 아니다. 세계 나눔의 준거가 바나나라는 점이 재미있을 뿐만 아니라 바나나라는 의미가 고정되어 있지 않고 끊임없이 미끄러져 내리면서 새로운 의미를 생산하고 있다는 점이 또한 흥미롭다.

'불안해지는 바나나'와 '아 바나나 하고 웃는 바나나'를 통해 알 수 있듯이 바나나가 감정의 주체가 되기도 하고, '드디어 생선이 되는 바나나'에서는 물활성을 지닌 존재가 되기도 하며, '왼쪽 바나나가 사라지고'나 '바나나의 미래가 사라졌다'를 통해서는 의지적인 속성을 지닌 존재로 드러나기도 한다. 바나나의 의미가 고정되어 있지 않고 그것이 해체되어 나타난다는 것은 곧 바나나라는 의미의 카니발화를 통해 존재론적인 해방을 겨냥하고 있다는 것을 말해준다. 어떤 한 존재의 해방이 담지하고 있는 의미는 그늘이 극에 달하면 우주를 바꾼다는 차원과 다른 것이 아니다. 바나나라는 어떤 한 존재의 해방을 위해 그가 시도한 다양한 탈은폐 혹은 해체 전략은 그의 시 전체를 관통하고 있다고 해도 과언이 아니다. 바나나라는 어떤 한 존재를 매개로 하여 세계의 의미 지평을 확장하려는 그의 시적 태도는 '바나나의 웃음'이 환기하는 것만큼이나 낯설고 불안한 것이 사실이다. 하지만 그 열정에 대한 의지만큼은 극에 달해 있다고 할 수 있다.

4. 시의 그늘, 둥근 존재의 그늘

최호일 시의 궁극은 그늘의 세계에 있다. 시인 스스로 그 세계를 이상하다고 명명했지만 그늘의 이상함은 무한한 미학적 가능성을 전제한 것이다. 서로 반대되는 세계까지도 아우르는 그늘의 상극, 상생의 원리는 배제와 소외를 통한 변증법적인 미학의 원리와는 차원을 달리한다. 이 다름이 그의 시의 애매모호함과 난해함을 불러일으키기도 하고 또 신선함과 낯섦을 불러일으키기도 한다. 그의 시의 이러한 속성은 그 안에 긍정적인 면과 부정적인 면을 동시에 지니고 있다. 이것은 그늘의 과정이 그러하듯이 이 모든 속성들끼리 서로 어우러지면서 삭힘의 과정을 거쳐야 한다는 것을 의미한다. 제대로 삭힘의 과정을 거치면 그의 시에 그늘이 존재하게 될 것이다. 이 그늘이 극에 달하면 그의 시의 언어는 비로소 세계에 대한 의미 지평을 획득하게 될 것이다.

　그늘이 있는 시의 언어에 끌리지 않을 사람은 없을 것이다. 「코발트블루」에서 시인은 이 그늘에 대해 이야기하고 있다. 그는 '그곳에 오래 빠져 죽고 싶은 색깔이 산다'고 고백한다. 자신이 빠져 죽고 싶을 정도로 코발트블루에는 그늘이 있으며, 그 그늘은 '햇빛 밝은 날' 더 두드러지기 때문에 코발트블루를 '죽이고 싶어' 한다. 그가 본 그늘이 깊은 코발트블루에 대한 선망과 그것을 죽이고 싶어 하는 욕망은 다른 것이 아니다. 그의 내면 깊숙이 자리하고 있는 이 양가적인 욕망의 충돌은 극에 달하기 위한 과정의 하나로 지금 그에게 절대적으로 요구되는 시인으로서의 태도라고 할 수 있다. 이런 맥락에서 볼 때 시인의 시에 대한 최고의 찬사는 '아, 그 시인의 시(언어)에는 그늘이 있어'라는 말이 아니겠는가? 그의 시인으로서의 신산

고초와 고뇌 그리고 그것의 삭힘을 기대하면서, 그의 시(언어)의 그늘이 극에 달해 둥근 존재의 세계가 열리는 그 날을 기대하면서 그늘 타령을 그만 여기서 줄이자.

문예중앙시선 31

바나나의 웃음

초판 1쇄 발행 | 2014년 2월 20일

지은이 | 최호일
발행인 | 노재현
제작총괄 | 손장환
편집장 | 박성근
책임편집 | 송승언
디자인 | 권오경
조판 | 김미연
마케팅 | 김동현, 김용호, 이효정, 이진규

인쇄 | 영신사

발행처 | 중앙북스(주)
등록 | 2007년 2월 13일 (제2-4561호)
주소 | (121-904) 서울시 마포구 상암산로 48-6(상암동, DMCC빌딩 20층)
구입문의 | 1588-0950
홈페이지 | www.joongangbooks.co.kr / www.facebook.com/hellojbooks

ISBN 978-89-278-0530-4 03810

▌이 시집은 서울문화재단 창작기금 지원을 받은 작가의 작품입니다.